Una aventura de Juan el elefante

La Caquita

Laurie Cohen & Nicolas Gouny

Tramuntana

Juan el elefante está triste esta mañana.
Nunca había hecho nada extraordinario
en su corta vida de paquidermo.
No como todos esos astronautas que pisaron
la luna, o esos hombres que inventaron
el cine, la electricidad o...

...¡la relatividad!

No.
Él no ha hecho nada.
Ni el más mínimo lienzo,
ni el más mínimo libro,
ni tan solo un discurso como Martin Luther King.

Es realmente triste...

A Juan le cae una lágrima
por su mejilla.

A él también,
solo por una vez,
le gustaría tanto
sentirse un poco especial…

SJ

Pero, ¡sorpresa!
¿Qué hay aquí?

Juan el elefante
acaba de hacer
una minúscula caquita,
¡no más grande
que un guisante!

Entonces...
¡Esto es extraordinario!
¡Una caca tan diminuta hecha por un gran elefante!

Juan, muy feliz,
corre a lo loco por todos lados
a mostrarle su caquita
a todos sus amigos.

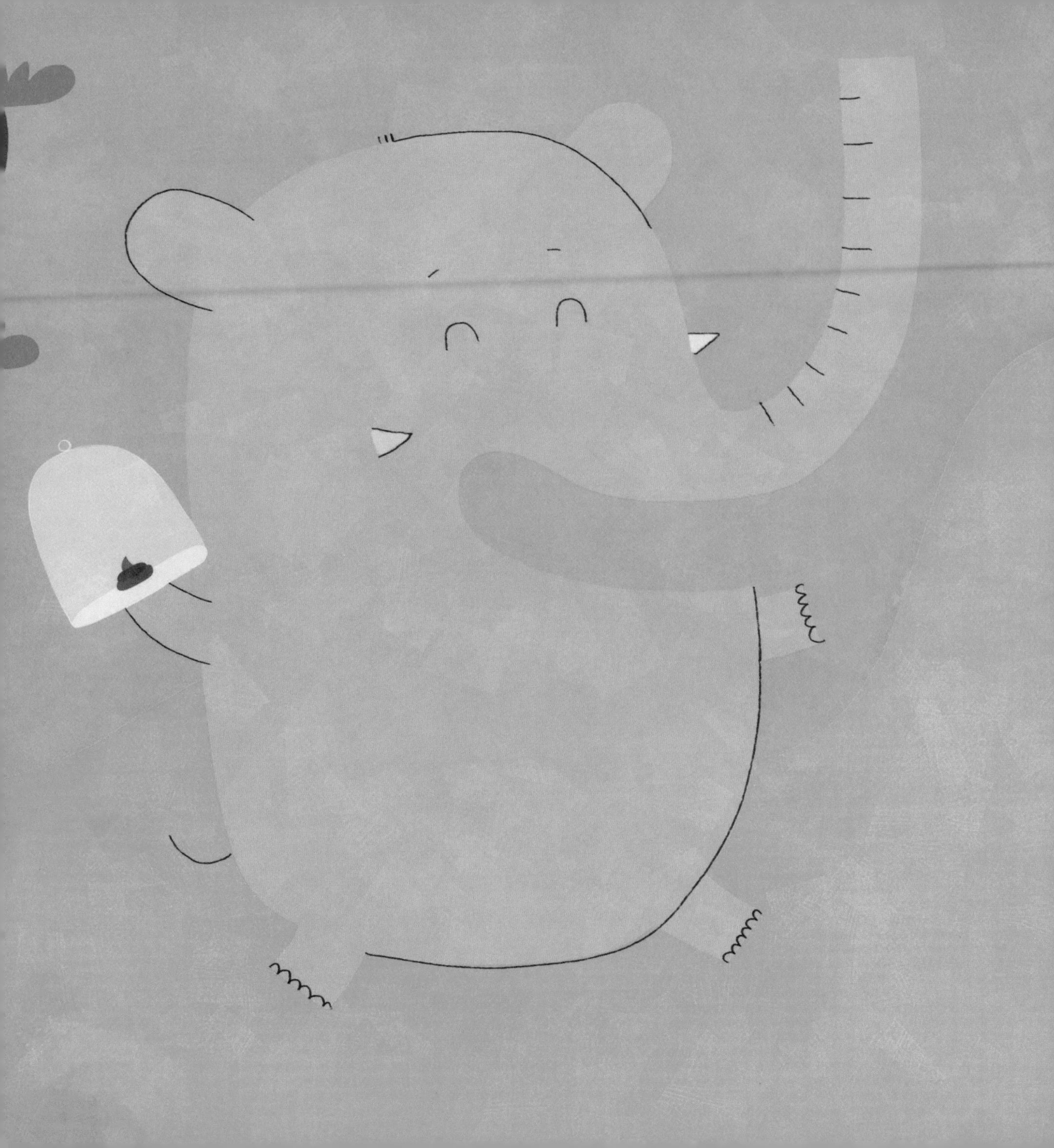

¡Increíble! dice la jirafa.

¡Fenomenal!
exclama
el hipopótamo.

¡Deslumbrante!
grita el papagayo.

¡Bravo! ¡Bravo!
clama el tigre.

Entonces
Juan el elefante
decide llevar
con delicadeza
y precaución
la preciosa
caquita
al gran…

…rey de los simios.

En toda mi vida...
¡Jamás he visto
semejante milagro!
¡Usted es el primer
elefante del mundo
en haber hecho
tan minúscula caca!

Juan el elefante
no puede contener su rubor.
Se siente orgulloso.

Y desde ese día,
en toda la sabana,
nos damos todos empujones…

....para venir a admirar la diminuta caquita,
presentada en un cojín de oro tras una urna de cristal
en el palacio del rey de los simios.

Finalmente Juan el elefante
pasó a formar parte de la historia
junto con Rousseau,
Mozart y Napoleón.

Título original: *La Crotte*
Texto © Laurie Cohen
Ilustraciones © Nicolas Gouny
La edición original fue publicada en Francia en 2016 por Éditions Frimousse
Edición en castellano publicada por acuerdo con Verok Agency, Barcelona

Traducción del francés: María Teresa Rivas
Diagramación: Editor Service, S.L.

Primera edición en castellano para todo el mundo © febrero 2018
Tramuntana Editorial – c/ Cuenca, 35 – Sant Feliu de Guíxols (Girona)
www.tramuntanaeditorial.com

ISBN: 978-84-16578-82-5
Depósito legal: GI 1417-2017 – Impreso en China